Pietro Metastasio

Adriano in Siria

Texte et illustration de couverture : © domaine public
Edition : Culturea (Hérault, 34)
Contact : infos@culturea.fr
Retrouvez notre catalogue sur http://culturea.fr
Imprimé en Allemagne par Books on Demand
Design typographique : Derek Murphy
Layout : Reedsy (https://reedsy.com/)

Dépôt légal : janvier 2023

ISBN : 9791041845644

ARGOMENTO

Era in Antiochia Adriano, e già vincitore de' Parti, quando fu sollevato all'impero. Ivi fra gli altri prigionieri ritrovavasi ancora la principessa Emirena, figlia del re superato, dalla beltà della quale aveva il nuovo Cesare mal difeso il suo cuore, benché promesso da gran tempo innanzi a Sabina, nipote del suo benefico antecessore. Il primo uso, ch'egli fece della suprema potestà, fu il concedere generosamente la pace a' popoli debellati, e l'invitare in Antiochia i principi tutti dell'Asia, ma particolarmente Osroa, padre della bella Emirena. Desiderava egli ardentemente le nozze di lei, ed avrebbe voluto che le credesse ogni altro un vincolo necessario a stabilire una perpetua amistà fra l'Asia e Roma. E forse il credeva egli stesso, essendo errore pur troppo comune, scambiando i nomi alle cose, il proporsi come lodevol fine ciò, che non è se non un mezzo, onde appagar la propria passione. Ma il barbaro re, implacabil nemico del nome romano, benché ramingo e sconfitto, disprezzò l'amichevole invito, e portossi sconosciuto in Antiochia, come seguace di Farnaspe, principe a lui tributario, cui sollecitò a liberare e con preghiere e con doni la figlia prigioniera, ad esso già promessa in isposa, per poter egli poi, tolto un sì caro pegno dalle mani del suo nemico, tentar liberamente quella vendetta, che più al suo disperato furor convenisse. Sabina intanto, intesa l'elezione del suo Adriano all'impero, e nulla sapendo de' nuovi affetti di lui, corse impaziente da Roma in Siria a trovarlo ed a compir seco il sospirato imeneo. Le dubbiezze di Cesare fra l'amore per la principessa de' Parti e la violenza dell'obbligo, che lo richiama a Sabina, la virtuosa tolleranza di questa, le insidie del feroce Osroa, delle quali cade la colpa su l'innocente Farnaspe, e le smanie d'Emirena ne' pericoli or del padre, or dell'amante ed or di se medesima, sono i moti, fra' quali a poco a poco si riscuote l'addormentata virtù d'Adriano, che, vincitore al fine della propria passione, rende il regno al nemico, la consorte al rivale, il cuore a Sabina e la sua gloria a se stesso.

(Dione Cassio, Lib. XIX; Sparziano, in *Vita Hadriani Caesaris.*).

INTERLOCUTORI

ADRIANO *imperadore, amante di Emirena.*
OSROA *re de' Parti, padre di Emirena.*
EMIRENA *prigioniera d'Adriano, amante di Farnaspe.*
SABINA *amante e promessa sposa d'Adriano.*
FARNASPE *principe parto, amico e tributario d'Osroa, amante e promesso sposo di Emirena.*
AQUILIO *tribuno, confidente d'Adriano ed amante occulto di Sabina.*

L'azione si rappresenta in Antiochia.

ATTO PRIMO

SCENA PRIMA

Gran piazza d'Antiochia magnificamente adorna di trofei militari, composti d'insegne, armi ed altre spoglie de' barbari superati. Trono imperiale da un lato. Ponte sul fiume Oronte, che divide la città suddetta.

Di qua dal fiume ADRIANO, *sollevato sopra gli scudi da' soldati romani,* AQUILIO, *guardie e popolo. Di là dal fiume* FARNASPE *ed* OSROA *con séguito di Parti, che conducono varie fiere ed altri doni da presentare ad Adriano*

CORO DI SOLDATI ROMANI

Vivi a noi, vivi all'impero,
Grande Augusto, e la tua fronte
Su l'Oronte prigioniero
S'accostumi al sacro allòr.
Della patria e delle squadre
Ecco il duce ed ecco il padre,
In cui fida il mondo intero,
In cui spera il nostro amor.
Palme il Gange a lui prepari,
E d'Augusto il nome impari
Dell'incognito emisfero
Il remoto abitator.

(Nel tempo che si canta il coro, scende Adriano, e sciogliendosi quella connessione d'armi, che serviva a sostenerlo, que' soldati, che la componevano, prendono ordinatamente sito fra gli altri)

AQUI. Chiede il parto Farnaspe
Di presentarsi a te. *(ad Adriano)*
ADRI. Venga e s'ascolti.
(Aquilio parte. Adriano sale sul trono e parla in piedi)
Valorosi compagni,
Voi m'offrite un impero
Non men col vostro sangue
Che col mio sostenuto, e non so come
Abbia a raccoglier tutto
De' comuni sudori io solo il frutto.
Ma, se al vostro desio
Contrastar non poss'io, farò che almeno
Nel grado a me commesso
Mi trovi ognun di voi sempre l'istesso.
A me non servirete:

Alla gloria di Roma, al vostro onore,
Alla pubblica speme,
Come fin or, noi serviremo insieme. *(siede)*

CORO Vivi a noi, vivi all'impero,
Grande Augusto, e la tua fronte
Su l'Oronte prigioniero
S'accostumi al sacro allòr.

(Nel tempo che si ripete il coro, passano il ponte Farnaspe ed Osroa sconosciuto, con tutto il séguito de' Parti. Sono preceduti da Aquilio, che li conduce)

FARN. Nel dì che Roma adora
Il suo Cesare in te, dal ciglio augusto,
Da cui di tanti regni
Il destino dipende, un guardo volgi
Al principe Farnaspe. Ei fu nemico;
Ora al cesareo piede
L'ire depone, e giura ossequio e fede.

OSR. Tanta viltà, Farnaspe,
Necessaria non è. *(piano a Farnaspe)*

ADRI. Madre comune
D'ogni popolo è Roma, e nel suo grembo
Accoglie ognun che brama
Farsi parte di lei. Gli amici onora,
Perdona a' vinti, e con virtù sublime
Gli oppressi esalta ed i superbi opprime.

OSR. (Che insoffribile orgoglio!)

FARN. Un atto usato
Della virtù romana
Vengo a chiederti anch'io. Del re de' Parti
Geme fra' vostri lacci
Prigioniera la figlia.

ADRI. E ben?

FARN. Disciogli,
Signor, le sue catene.

ADRI. (Oh dèi!)

FARN. Rasciuga
Della sua patria il pianto: a me la rendi,
E quanto io reco in guiderdon ti prendi.

ADRI. Prence, in Asia io guerreggio,
Non cambio o merco; ed Adrian non vende,
Su lo stil delle barbare nazioni,
La libertade altrui.

FARN. Dunque la doni.

OSR. (Che dirà?)

ADRI. Venga il padre:
La serbo a lui.

FARN. Dopo il fatal conflitto,
In cui tutti per Roma
Combatterono i numi, è ignota a noi
Del nostro re la sorte. O in altre rive
Va sconosciuto errando, o più non vive.
ADRI. Fin che d'Osroa palese
Il destino non sia, cura di lei
Noi prenderem.
FARN. Giacché a tal segno è Augusto
Dell'onor suo geloso,
Questa cura di lei lasci al suo sposo.
ADRI. Come! È sposa Emirena?
FARN. Altro non manca
Che il sacro rito.
ADRI. (Oh Dio!)
Ma lo sposo dov'è?
FARN. Signor, son io.
ADRI. Tu stesso! Ed ella t'ama?
FARN. Ah, fummo amanti
Pria di saperlo, ed apprendemmo insieme
Quasi nel tempo istesso
A vivere e ad amar. Crebbe la fiamma
Col senno e con l'età. Dell'alme nostre
Si fece un'alma sola
In due spoglie divisa. Io non bramai
Che la bella Emirena; ella non brama
Che 'l suo prence fedel. Ma, quando meco
Esser doveva in dolce nodo unita,
Signor, che crudeltà! mi fu rapita.
ADRI. (Che barbaro tormento!)
FARN. Ah, tu nel volto,
Signor, turbato sei: forse t'offende
La debolezza mia. Di Roma i figli
So che nascono eroi;
So che colpa è fra voi qualunque affetto
Che di gloria non sia. Tanta virtude
Da me pretendi in vano:
Cesare, io nacqui parto e non romano.
ADRI. (Oh rimprovero acerbo! Ah! si cominci
Su' propri affetti a esercitar l'impero).
Prence, della sua sorte
La bella prigioniera arbitra sia.
Vieni a lei. S'ella siegue,
Come credi, ad amarti,
Allor... (dicasi al fin) prendila e parti. *(scende)*

Dal labbro, che t'accende
Di così dolce ardor,

La sorte tua dipende.
(E la mia sorte ancor).
  Mi spiace il tuo tormento;
Ne sono a parte, e sento
Che del tuo cor la pena
È pena del mio cor. *(parte Adriano seguìto da tutte le guardie e da' soldati romani)*

SCENA SECONDA

OSROA *e* FARNASPE

OSR. Comprendesti, o Farnaspe,
D'Augusto i detti? Ei, d'Emirena amante
Di te parmi geloso, e fida in lei.
Amasse mai costei il mio nemico?
Ah! questo ferro istesso
Innanzi alle tue ciglia
Vorrei... No, non lo credo. Ella è mia figlia.

FARN. Mio re, che dici mai? Cesare è giusto;
Ella è fedele. Ah, qual timor t'affanna!

OSR. Chi dubita d'un mal, raro s'inganna.

FARN. Io volo a lei. Vedrai...

OSR. Va pur, ma taci
Ch'io son fra' tuoi seguaci.

FARN. Anche alla figlia?

OSR. Sì; saprai, quando torni,
Tutti i disegni miei.

FARN. Sì, sì, mio re, ritornerò con lei.

  Già presso al termine
De' suoi martìri,
Fugge quest'anima,
Sciolta in sospiri,
Sul volto amabile
Del caro ben.
  Fra lor s'annodano
Sul labbro i detti;
E il cor, che palpita
Fra mille affetti,
Par che non tolleri
Di starmi in sen.

(parte seguìto da tutto l'accompagnamento barbaro)

SCENA TERZA

OSROA *solo.*

OSR. Dalla man del nemico
Il gran pegno si tolga
Che può farmi tremare, e poi si lasci
Libero il corso al mio furor. Paventa,
Orgoglioso roman, d'Osroa lo sdegno.
Son vinto e non oppresso,
E sempre a' danni tuoi sarò l'istesso.

Sprezza il furor del vento
Robusta quercia, avvezza
Di cento verni e cento
L'ingiurie a tollerar.
E, se pur cade al suolo,
Spiega per l'onde il volo,
E con quel vento istesso
Va contrastando in mar. *(parte)*

SCENA QUARTA

Appartamenti destinati ad Emirena nel palazzo imperiale.

AQUILIO, *poi* EMIRENA

AQUI. Ah! se con qualche inganno
Non prevengo Emirena, io son perduto.
Cesare generoso
A Farnaspe la rende, ancorché amante;
E, se tal fiamma oblia,
Che ad arte io fomentai, farà ritorno
All'amor di Sabina, il cui sembiante
Porto sempre nel cor. Numi, in qual parte
Emirena s'asconde? Eccola. All'arte.
EMIR. Aquilio.
AQUI. Ah! principessa; ah! se vedessi

Da quai furie agitato
Augusto è contro te! Farnaspe a lui
Ti richiese: gli disse
Che t'ama, che tu l'ami; e mille in seno
Di Cesare ha destate
Smanie di gelosia. Freme, minaccia,
Giura che in Campidoglio,
Se in te non è la prima fiamma estinta,
Ei vuol condurti al proprio carro avvinta.

EMIR. Questo è l'eroe del vostro Tebro? Questo
È l'idolo di Roma? A me promise
Che al rossor del trionfo
Esposta non sarei. Non è fra voi,
Dunque, il mancar di fé colpa agli eroi?

AQUI. Se un violento amore
Agita i sensi e la ragione oscura,
Emirena, gli eroi cangian natura.

EMIR. In trionfo Emirena? In Asia ancora
Si sa morir.

AQUI. Senza parlar di morte,
V'è riparo miglior. Cesare viene
Ad offrirti Farnaspe: egli il tuo core
Spera scoprir così. Deh! non fidarti
Della sua simulata
Tranquillità. Deludi
L'arte con l'arte. Il caro prence accogli
Con accorta freddezza. Il don ricusa
Della sua man. Misura i detti, e vesti
Di tale indifferenza il tuo sembiante,
Come se più di lui non fossi amante.

EMIR. E il povero Farnaspe
Di me che mai direbbe? Ah! tu non sai
Di qual tempra è quel core. Io lo vedrei
A tal colpo morir su gli occhi miei.

AQUI. Addio. Pensaci, e trova,
Se puoi, miglior consiglio.

EMIR. Odimi. Almeno
Corri, previeni il prence...

AQUI. Eccolo.

EMIR. Oh Dio!

AQUI. Armati di fortezza. Io t'insegnai
Ad evitare il tuo destin funesto. *(parte)*

EMIR. Misera me, che duro passo è questo!

SCENA QUINTA

ADRIANO, FARNASPE ed EMIRENA

ADRI. Principe, quelle sono
Le sembianze che adori?
FARN. Ah, sì, son quelle;
E sempre agli occhi miei sembran più belle.
EMIR. (Mi trema il cor).
ADRI. Vaga Emirena, osserva
Con chi ritorno a te. Più dell'usato
So che grato ti giungo: afferma il vero.
EMIR. Non so chi sia quello stranier.
FARN. *(rimane stupido)*
Straniero!
ADRI. Che! Nol conosci?
EMIR. (Oh Dio!) No.
ADRI. Quei sembianti
Altrove hai pur veduti.
EMIR. No. (Se parlo, io mi scopro, e siam perduti).
ADRI. Prence, questa è colei che teco apprese
A vivere e ad amar?
FARN. Io perdo il senno:
Non so più dove son, né chi son io.
EMIR. (Le angustie di quel cor risente il mio).
ADRI. Se mai fosse timore il tuo ritegno,
Senti, Emirena. Io degli affetti altrui
Non son tiranno: ecco il tuo ben; lo rendo,
Com'è ragione, al suo primiero affetto.
EMIR. (Emirena, costanza!) Io non l'accetto.
FARN. Principessa, idol mio, che mai ti feci?
Son reo di qualche fallo?
Sei sdegnata con me? Dubiti forse
Della mia fedeltà?
EMIR. Taci.
FARN. Io son quello...
EMIR. Ma taci per pietà; n'è degno assai
Lo stato in cui mi vedi.
FARN. Almen rammenta...
EMIR. Di nulla io mi rammento:
Nulla io so dir. Del mio destino avverso
Abbastanza m'affanna

Il tenor pertinace.
Se oppressa non mi vuoi, lasciami in pace.

FARN. Lasciami in pace! Ubbidirò, crudele;
Ma guardami una volta. In questa fronte
Leggi dell'alma mia... No, non mirarmi,
Barbara, se pur vuoi
Che ubbidisca Farnaspe a' cenni tuoi.

Dopo un tuo sguardo, ingrata!
Forse non partirei,
Forse mi scorderei
Tutta l'infedeltà.
Tu arrossiresti in volto,
Io sentirei nel core,
Più che del mio dolore,
Del tuo rossor pietà. *(parte)*

SCENA SESTA

ADRIANO *ed* EMIRENA, *che vuol partire.*

ADRI. Dove, Emirena?

EMIR. A pianger sola. Il pianto
Libero almen mi resti,
Giacché tutto perdei.

ADRI. Nulla perdesti.
Io perdei la mia pace,
Cara, negli occhi tuoi.

EMIR. *(in aria maestosa)*
Da te sperai
Più rispetto, o signor. L'animo regio
Non si perde col regno:
Ché, se il regno natio
Era della fortuna, il core è mio

ADRI. (Bella fierezza!) E in che t'offendo? Io posso
Offerirti, se vuoi,
E l'impero e la man.

EMIR. No, tu nol puoi:
Son promessi a Sabina.

ADRI. È ver, l'amai
Quasi due lustri. Hanno a durare eterni
Al fin gli amori? Io non suppongo in lei
Tanta costanza; ed or diverso assai
Son io da quel che fui. Veduto allora

Non avevo il tuo volto: ero privato,
Ero vicino a lei. Sospiro adesso
Ne' lacci tuoi: porto l'alloro in fronte;
E Sabina è sul Tebro, io su l'Oronte.

SCENA SETTIMA

AQUILIO *frettoloso, e detti.*

AQUI. Signor...
ADRI. Che fu?
AQUI. Dalla città latina
Giunge...
ADRI. Chi giunge mai?
AQUI. Giunge Sabina.
ADRI. Sommi dèi!
EMIR. (Qual soccorso!)
ADRI. E che pretende?
Per sì lungo cammin... Senza mio cenno...
Non t'ingannasti già?
AQUI. Senti il tumulto
Del popolo seguace,
Che la saluta Augusta.
ADRI. Aquilio, oh Dio!
Va, conducila altrove: in questo stato
Non mi sorprenda. A ricompormi in volto
Chiedo un momento. Ah, poni ogni arte in uso.
AQUI. Signor, viene ella stessa.
ADRI. Io son confuso.

SCENA OTTAVA

SABINA *con séguito di matrone e cavalieri romani, e detti.*

SAB. Sposo, Augusto, signor, questo è il momento
Che in van fin or bramai; giunse una volta:
Son pur vicina a te. Soffri che adorno
Di quel lauro io ti miri,
Che costa all'amor mio tanti sospiri.
ADRI. (Che dirle?)
SAB. Non rispondi?
ADRI. Io non sperai...
Potevi pure... (Oh Dio!) Chiede ristoro

SAB. La tua stanchezza. Olà, di questo albergo
A' soggiorni migliori
Passi Sabina, e al par di noi si onori.
SAB. Che! tu mi lasci? Il mio riposo io venni
A ricercare in te.
ADRI. Perdona: altrove
Grave cura or mi chiama.
SAB. Era una volta
Tua dolce cura ancor Sabina.
ADRI. È vero;
Ma la cura più grande oggi è l'impero. *(parte)*

SCENA NONA

SABINA, EMIRENA, AQUILIO

SAB. Aquilio, io non l'intendo.
AQUI. E pur l'arcano
È facile a spiegar. Cesare è amante:
Questa è la tua rival. *(piano a Sabina)*
EMIR. Pietosa Augusta,
Se lungamente il Cielo
A Cesare ti serbi, un'infelice
Compatisci e soccorri. E regno e sposo,
E patria e genitor, tutto perdei.
SAB. (Mi deride l'altera!)
EMIR. Un bacio intanto
Sulla cesarea man...
SAB. *(ritirandosi)*
Scostati. Ancora
Non son moglie d'Augusto; e, quanto dici,
Misera tu non sei. Poco ti tolse,
Lasciandoti il tuo volto,
L'avversa sorte. Acquisterai, se vuoi,
Più di quel che perdesti; e forse io stessa
La pietà che mi chiedi
Mendicherò da te.
EMIR. La mia catena...
SAB. Non più: lasciami sola.
EMIR. (Oh dèi, che pena!)

Prigioniera abbandonata
Pietà merto e non rigore:
Ah! fai torto al tuo bel core,
Disprezzandomi così.

Non fidarti della sorte:
Presso al trono anch'io son nata;
E ancor tu fra le ritorte
Sospirar potresti un dì. *(parte)*

SCENA DECIMA

SABINA, ed AQUILIO

AQUI. (Tentiam la nostra sorte).
SAB. Il caso mio
Non fa pietade, Aquilio?
AQUI. È grande in vero
L'ingiustizia d'Augusto. Ei non prevede
Come puoi vendicarti. A te non manca
Né beltà, né virtù. Qual freddo core
Non arderà per te? Su gli occhi suoi
Dovresti...
SAB. Che dovrei? *(con serietà e sdegno)*
AQUI. Seguitarlo ad amar, mostrar costanza,
E farlo vergognar d'esserti infido.
(Si turba il mar: facciam ritorno al lido). *(parte)*

SCENA UNDICESIMA

SABINA *sola.*

SAB. Io piango! Ah no: la debolezza mia
Palese almen non sia. Ma il colpo atroce
Abbatte ogni virtù. Vengo il mio bene
Fino in Asia a cercar; lo trovo infido,
Al fianco alla rivale,
Che in vedermi si turba;
M'ascolta a pena, e volge altrove il passo:
Né pianger debbo? Ah, piangerebbe un sasso.

Numi, se giusti siete,
Rendete a me quel cor:
Mi costa troppe lagrime
Per perderlo così.
Voi lo sapete, è mio:
Voi l'ascoltaste ancor,
Quando mi disse addio,

Quando da me partì. *(parte)*

SCENA DODICESIMA

Cortili del palazzo imperiale con veduta interrotta d'una parte del medesimo, che soggiace ad incendio, ed è poi diroccata da guastatori. Notte.

OSROA *dalla reggia con face nella destra e spada nuda nella sinistra. Séguito d'incendiari parti, e poi* FARNASPE

OSR. Feroci Parti, al nostro ardir felice
Arrise il Ciel. Della nemica reggia
Volgetevi un momento
Le ruine a mirar. Pure è sollievo,
Nelle perdite nostre,
Quest'ombra di vendetta. Oh, come scorre
L'appreso incendio, e quanti al cielo innalza
Globi di fumo e di faville! Ah, fosse
Raccolto in quelle mura,
Ch'or la partica fiamma abbatte e doma,
Tutto il Senato, il Campidoglio e Roma!
FARN. Osroa, mio re!
OSR. Guarda, Farnaspe. È quella
Opera di mia man. *(accennando l'incendio)*
FARN. Numi! E la figlia?
OSR. Chi sa? Fra quelle fiamme,
Col suo Cesare avvolta,
Forse de' torti tuoi paga le pene.
FARN. Ah, Emirena! ah, mio bene! *(vuol partire)*
OSR. Ascolta. E dove?
FARN. A salvarla e morir. *(come sopra)*
OSR. Come! Un'ingrata,
Che ci manca di fé, pone in oblio...
FARN. È spergiura, lo so; ma è l'idol mio. *(getta il manto, ed entra tra le fiamme e le ruine della reggia)*

SCENA TREDICESIMA

OSROA *solo.*

OSR. Se quel folle si perde,
Noi serbiamoci, amici, ad altre imprese.
Vadan le faci a terra. Al noto loco

Ritornate a celarvi. *(parte il séguito)* E pure, ad onta
Del mio furor, sento che padre io sono.
Non so quindi partir. Sempre mi volgo
Di nuovo a quelle mura. Eh! non s'ascolti
Una vil tenerezza. Ah! forse adesso
Però spira la figlia, e forse a nome
Moribonda mi chiama. A tempo almeno
Fosse giunto Farnaspe. Il lor destino
Voglio saper. Dove m'inoltro? Oh dèi!
Di qua gente s'appressa,
Di là cresce il tumulto, e tutto in moto
È il cesareo soggiorno. Oh amico! oh figlia!
Parto? Resto? Che fo? Senza salvarli
Mi perderei. Ma, giacché tutto, o numi,
Volevate involarmi,
Questi deboli affetti a che lasciarmi? *(fugge)*

SCENA QUATTORDICESIMA

EMIRENA *fuggendo, indi* FARNASPE *incatenato fra le guardie romane.*

EMIR. Misera! dove fuggo?
Chi mi soccorre? Almen sapessi!... Oh dèi!
Farnaspe!
FARN. Principessa!
EMIR. Tu prigionier?
FARN. Tu salva?
EMIR. Agl'infelici
Difficile è il morir. Di quelle fiamme
Sei tu forse l'autor?
FARN. No, ma si crede.
EMIR. Perché?
FARN. Perché son parto,
Perché son disperato, in quelle mura
Perché fui còlto.
EMIR. E a che venisti?
FARN. Io venni
A salvarti e morir.
EMIR. Ma, se tu mori,
Credi salva Emirena?
FARN. Ah, perché mai
Mi schernisci così? Troppo è crudele
Questa finta pietà.
EMIR. Finta la chiami?

FARN. Come crederla vera? Assai diversa
Parlasti, o principessa.
EMIR. Il parlar fu diverso; io fui l'istessa.
FARN. Ma le fredde accoglienze?
EMIR. Eran timore
D'irritar d'Adriano il cor geloso.
FARN. E da lui che temevi?
EMIR. D'un trionfo il rossor.
FARN. Se generoso
La mia destra t'offerse?
EMIR. Arte inumana
Per leggermi nel cor.
FARN. Dunque son io?...
EMIR. La mia speme, il mio amor.
FARN. Dunque tu sei?...
EMIR. La tua sposa costante.
FARN. E vivi?...
EMIR. E vivo
Fedele al mio Farnaspe. A lui fedele
Vivrò sino alla tomba; e dopo ancora
Ne porterò nell'alma
L'immagine scolpita,
Se rimane agli estinti orma di vita.
FARN. Non più, cara, non più. Basta, ti credo.
Detesto i miei sospetti:
Te ne chieggo perdon. Barbare stelle!
E pure, ad onta vostra,
Misero non son io. Disfido adesso
I tormenti, gli affanni,
Le furie de' tiranni,
La vostra crudeltà. M'ama il mio bene;
Il suo labbro mel dice:
In faccia all'ire vostre io son felice. *(partendo)*
EMIR. Ah, non partir.
FARN. Conviene
Seguir la forza altrui.
EMIR. Farnaspe, oh Dio!
Che mai sarà di te?
FARN. Nulla pavento.
Sarà la morte istessa
Terribile sol tanto
Che negato mi sia morirti accanto.

Se non ti moro allato,
Idolo del cor mio,
Col tuo bel nome amato
Fra' labbri io morirò.
EMIR. Se a me t'invola il fato,

Idolo del cor mio,
Col tuo bel nome amato
Fra' labbri io morirò.

FARN. Addio, mia vita.

EMIR. Addio,
Luce degli occhi miei.

FARN. Quando fedel mi sei,
Che più bramar dovrò?

EMIR. Quando il mio ben perdei,
Che più sperar potrò?

A DUE

FARN. Un tenero contento,
Eguale a quel ch'io sento,
Numi, chi mai provò!

EMIR. Un barbaro tormento,
Eguale a quel ch'io sento,
Numi, chi mai provò?

ATTO SECONDO

SCENA PRIMA

Galleria negli appartamenti d'Adriano, corrispondente a diversi gabinetti.

EMIRENA *ed* AQUILIO

AQUL. Chi protegger Farnaspe
Può mai meglio di te? Del cor d'Augusto
Tu reggi i moti a tuo talento. Ogni altra
Miglior uso farebbe
Dell'amor d'un monarca.
EMIR. A me non giova,
Perché non l'amo.
AQUI. È necessario amarlo,
Perch'ei lo creda?
EMIR. E ho da mentir?
AQUI. Né pure.
È la menzogna ormai
Grossolano artifizio e mal sicuro.
La destrezza più scaltra è oprar di modo
Ch'altri se stesso inganni. Un tuo sospiro
Interrotto con arte, un tronco accento,
Ch'abbia sensi diversi, un dolce sguardo,
Che sembri tuo malgrado
Nel suo furto sorpreso, un moto, un riso,
Un silenzio, un rossor, quel che non dici
Farà capir. Son facili gli amanti
A lusingarsi. Ei giurerà che l'ami;
E tu, quando vorrai,
Sempre gli potrai dir: 'Nol dissi mai.'
EMIR. Non so dove s'apprenda
Tal arte a porre in uso.
AQUI. Eh, che pur troppo
Voi nascete maestre. Aver sul ciglio
Lagrime ubbidienti, aver sul labbro
Un riso che non passi
A' confini del sen; quando vi piace,
Impallidirvi ed arrossir nel viso,
Invidiabili sono
Privilegi del sesso: in dono a voi
Gli ha dati il Cielo, e costan tanto a noi.
EMIR. Tu, che in corte invecchiasti,
Non dovresti invidiarne. Io giurerei

Che fra' pochi non sei, tenaci ancora
Dell'antica onestà. Quando bisogna,
Saprai sereno in volto
Vezzeggiare un nemico: acciò vi cada
Aprirgli innanzi il precipizio, e poi
Piangerne la caduta: offrirti a tutti,
E non esser che tuo: di false lodi
Vestir le accuse, ed aggravar le colpe
Nel farne la difesa: ognor dal trono
I buoni allontanar: d'ogni castigo
Lasciar l'odio allo scettro, e d'ogni dono
Il merito usurpar: tener nascosto
Sotto un zelo apparente un empio fine;
Né fabbricar che su l'altrui ruine.

AQUI. Far volesti, Emirena,
Le vendette del sesso. Io non credei
Di pungerti così. De' detti tuoi
Non mi querelo; anzi, a parlar sincero,
Credo ch'io dissi, e tu dicesti il vero.
Consigliarti pretesi.

EMIR. Aiuto e non consiglio io ti richiesi.

AQUI. Ed io sempre ho creduto
Che un salubre consiglio è grande aiuto.
Credimi, principessa...
Addio: gente s'appressa.
Adriano sarà, che s'avvicina. *(parte)*

SCENA SECONDA

SABINA *ed* EMIRENA

SAB. (Stelle! È qui la rival!)

EMIR. (Numi! È Sabina!)

SAB. Veramente tu sei.
Più di quel che credei,
Ufficiosa e attenta. Estinto appena
È l'incendio notturno, e già ti trovo
Nelle stanze d'Augusto.

EMIR. Oh Dio, Sabina,
Che ingiustizia è la tua! L'amor d'Augusto
Non è mia colpa, è pena mia. M'affanno
Di Farnaspe al periglio: ecco qual cura
Mi guida a queste soglie. Ho da vederlo
Perir così senza parlarne? Al fine

	Farnaspe è l'idol mio. Gli diedi il core;
	E ha remoti principii il nostro amore.
SAB.	Parli da senno, o fingi?
EMIR.	Io fingerei,
	Se così non parlassi.
SAB.	E non t'avvedi
	Che, parlando per lui, Cesare irrìti?
EMIR.	Ma non trovo altra via.
SAB.	Quando tu voglia,
	Una miglior ve n'è. Da questa reggia
	Fuggi col tuo Farnaspe. È suo custode
	Lentulo il duce. A' miei maggiori ei deve
	Quantunque egli è: se ne rammenta, e posso
	Promettermi da lui d'un grato core
	Anche prove più grandi.
EMIR.	Ah, se potesse
	Riuscire il pensier!
SAB.	Vanne: è sicuro.
	A partir ti prepara. Al maggior fonte
	De' cesarei giardini
	Col tuo sposo verrò. Colà m'attendi
	Prima che ascenda a mezzo corso il sole.
EMIR.	Ma verrai? Del destino
	Son tanto usata a tollerar lo sdegno...
SAB.	Ecco la destra mia: prendila in pegno.
EMIR.	Ah! che a sì gran contento
	È quest'anima angusta.
	Oh me felice! oh generosa Augusta!

Per te d'eterni allori
Germogli il suol romano:
De' numi il mondo adori
Il più bel dono in te.
E quell'augusta mano,
Che porgermi non sdegni
Regga il destin de' regni,
La libertà dei re. *(parte)*

SCENA TERZA

SABINA, *poi* ADIRANO, *indi* AQUILIO

SAB.	Chi sa! Quando lontana
	Emirena sarà, forse ritorno

Farà 'l mio sposo al primo amor. Non dura
Senz'esca il fuoco, e inaridisce il fiume,
Separato dal fonte onde partissi.

ADRI. Emirena, mio ben... (Numi, che dissi!) *(vuol partire)*

SAB. Perché fuggi, Adriano? Un sol momento
Non mi negar la tua presenza, e poi
Torna al tuo ben, se vuoi.

ADRI. Come! Supponi...
Qual è dunque il mio bene?

SAB. Ah! non celarmi
Quell'onesto rossor. Tu non sai quanto
Grato mi sia. Non arrossisce in volto
Chi non vede il suo fallo; e chi lo vede
È vicino all'emenda.

ADRI. Oh Dio!

SAB. Sospiri?
Lascia me sospirar. Numi del cielo,
Chi creduto l'avria! L'onor di Roma,
L'esempio degli eroi, la mia speranza,
Adriano incostante!
È possibile? È ver? Chi ti sedusse?
Parla, di', come fu?

ADRI. Che vuoi ch'io dica,
Se tutto mi confonde? Ah, lascia queste
Moderate querele.
Dimmi pure infedele,
Chiamami traditor, sfogati. Io veggo
Ch'hai ragion d'insultarmi. I merti tuoi,
Gli scambievoli affetti,
Le cento volte e cento
Replicate promesse io mi rammento.
Ma che pro? Non son mio. Conosco, ammiro
La tua virtù, la tua bellezza, e pure...
Sol ch'io vegga... Ah, Sabina, odio me stesso
Per l'ingiustizia mia. So ch'è dovuta
Una vendetta a te. Vuoi la mia morte?
Svenami: è giusto. Io non m'oppongo. Aspiri
A svellermi dal crin l'augusto alloro?
Lo depongo in tua man. Saria felice
Suddito a sì gran donna il mondo intero.

SAB. Ah! domando il tuo core e non l'impero.

ADRI. Era tuo questo cor. S'io lo difesi,
Se a te volli serbarlo,
Il Ciel lo sa. Ne chiamo
Tutti, o Sabina, in testimonio i numi.
Le bellezze dell'Asia
Eran vili per me. Freddo ogni sguardo,
A paragon de' tuoi,

Lunga stagion credei che fosse.
SAB. E poi?
ADRI. E poi... Non so. Di mia virtù sicuro,
Trascurai le difese;
Ed Amor mi sorprese. Ero nel campo,
Pieno d'una vittoria
E caldo ancor de' bellicosi sdegni,
Quando condotta innanzi
Mi fu Emirena. Ad un diverso affetto
È facile il passaggio,
Quando è l'alma in tumulto. Io la mirai
Carica di catene
Domandarmi pietà, bagnar di pianto
Questa man che stringea, fissarmi in volto
Le supplici pupille
In atto così dolce... Ah! se in quell'atto
Rimirata l'avesse a me vicina,
Parrei degno di scusa anche a Sabina.
SAB. Ah, questo è troppo. Abbandonar mi vuoi:
Hai coraggio di dirlo: in faccia mia
Ostenti la beltà, che mi contrasta
Del tuo core il possesso: e non ti basta?
Pretenderesti ancora,
Per non vederti afflitto,
Ch'io facessi la scusa al tuo delitto?
E dove mai s'intese
Tirannia più crudele? Il premio è questo
Che ho da te meritato?
Barbaro! mancator! spergiuro! ingrato! *(s'abbandona sopra una sedia)*
AQUI. (Qui Sabina!) *(in disparte)*
ADRI. (Io non posso
Più vederla penar. Troppo a quel pianto
Mi sento intenerir). Deh! ti consola,
Bella Sabina. A' lacci tuoi felici
Tornerò: sarò tuo.
AQUI. (Stelle!)
SAB. *(guardandolo con tenerezza)*
Che dici?
ADRI. Che alla pietà già cedo,
Messaggiera d'Amore.
SAB. Ah, non lo credo.
AQUI. (Qui bisogna un riparo).
SAB. S'Emirena una volta
Torni a veder...
ADRI. Non la vedrò.
SAB. Ma puoi
Di te fidarti?
ADRI. Ho risoluto, e tutto

AQUI. Si può quando si vuole.
(ad Adriano)
A' piedi tuoi
L'afflitta prigioniera
Inchinarsi desia. Non ti ritrova,
E lung'ora ti cerca.

SAB. (Ecco la prova).

ADRI. No, Aquilio: io più non deggio
Emirena veder. Tempo una volta
È pur ch'io mi rammenti
La mia fida Sabina.

SAB. (Oh cari accenti!)

AQUI. È giustizia, è dover. Ma che domanda
La povera Emirena? A lei si niega
Quel che a tutti è concesso? È serva, è vero;
Ma pur nacque regina.

ADRI. Veramente, Sabina,
Par crudeltà non ascoltarla.

SAB. *(si turba)*
Oh Dio!

ADRI. L'udirò te presente:
Che potresti temer? Resta, e vedrai...

SAB. Oh! questo no. Già m'ingannasti assai. *(s'alza)*

Assai m'ingannasti,
Ingrato! ti basti.
Io stessa non voglio
Vedermi tradir.
La fiamma novella
Scordarti non sai.
T'aggiri, sospiri,
Cercando la vai:
Lontano da quella
Ti senti morir. *(parte)*

SCENA QUARTA

ADRIANO *e* AQUILIO

AQUI. La tua bella Emirena
Volo a cercar. *(in atto di partire)*

ADRI. No, ferma.

AQUI. E a lei potresti
Tal giustizia negar?

ADRI. No: ma per ora...

AQUI. Non udisti Sabina? Amor mi sprona;
La ragion mi raffrena.
Vorrei... Ma... Oh dèi, che pena!
AQUI. Spiegati al fin. Se non t'intendo, in vano
M'affanno a consolar quel core oppresso.
ADRI. Spiegarmi! E come? Ah, non m'intendo io stesso. *(parte)*

SCENA QUINTA

AQUILIO *solo.*

AQUI. Tolleranza, o mio cor. La tua vittoria,
Benché non sia lontana,
Matura ancor non è. L'amor d'Augusto,
Gli sdegni di Sabina
Combattono per noi. La pugna è accesa;
Ma non convien precipitar l'impresa.

Saggio guerriero antico
Mai non ferisce in fretta:
Esamina il nemico,
Il suo vantaggio aspetta,
E gl'impeti dell'ira
Cauto frenando va.
Muove la destra e il piede,
Finge, s'avanza e cede,
Fin che il momento arriva
Che vincitor lo fa. *(parte)*

SCENA SESTA

Deliziosa, per cui si passa a' serragli di fiere.

EMIRENA, *e poi* SABINA *e* FARNASPE

EMIR. Che fa il mio bene?
Perché non viene?
Ogni momento
Mi sembra un dì.

SAB. Ecco la sposa tua. *(a Farnaspe)*
FARN. Bella Emirena!
EMIR. Sei pur tu, caro prence? Il credo a pena.

FARN. Al fin, ben mio...
SAB. Di tenerezze adesso
Tempo non è. Convien salvarsi. È quella
L'opportuna alla fuga,
Non frequentata oscura via. L'amico
Lentulo a me la palesò. Non molto
Lunge dal primo ingresso
Si parte in due. Guida la destra al fiume,
La sinistra alla reggia. A voi conviene
Evitar la seconda. Andate, amici,
Sicuri a' vostri lidi:
La Fortuna vi scorga, Amor vi guidi.
EMIR. Pietosa Augusta.
FARN. Eccelsa donna, e come
Render mercé...
SAB. Poco desio. Pensate
Qualche volta a Sabina; e fra le vostre
Felicità, se pur vi torno in mente,
Esiga il mio martiro
Dalla vostra pietà qualche sospiro.

Volga il ciel, felici amanti,
Sempre a voi benigni i rai,
Né provar vi faccia mai
Il destin della mia fé.
Non invidio il vostro affetto;
Ma vorrei che in qualche petto
La pietà, ch'io mostro a voi,
Si trovasse ancor per me. *(parte)*

SCENA SETTIMA

EMIRENA *e* FARNASPE

FARN. Ed è ver che sei mia? Ne temo, e quasi
Parmi ancor di sognar.
EMIR. Prence, fuggiamo,
Se sognar non vogliamo. *(s'incamminano verso la strada disegnata da Sabina)*
FARN. Ferma! *(ad Emirena, arrestandola)*
EMIR. Perché?
FARN. Non odi
Qualche strepito d'armi?
EMIR. Odo, ma donde
Non saprei dir.
FARN. Da quel cammino istesso

	Che tener noi dobbiamo.
EMIR.	Aimè!
FARN.	Non giova
	L'avvilirsi, ben mio. Celati, intanto
	Che l'armi io scopro e la cagion di quelle.
EMIR.	Che sarà mai! Non mi tradite, o stelle.
	(Emirena si nasconde molto indietr,o vicino a' cancelli del serraglio)

SCENA OTTAVA

OSROA *in abito romano con ispada nuda insanguinata, che esce dalla strada disegnata da Sabina;* FARNASPE, *e in disparte* EMIRENA

OSR.	Fra l'ombre adesso a raccontar l'altero
	Vada i trofei della sua Roma.
FARN.	E dove
	Corri, signor, con queste spoglie?
OSR.	Amico,
	Siam vendicati. È libera la terra
	Dal suo tiranno. Ecco il felice acciaro
	Che Adriano svenò.
FARN.	Come!
OSR.	Solea
	Di questa occulta via talor valersi
	L'aborrito romano. Un suo seguace
	Mel palesò. Fra questi eroi del Tebro
	L'oro ha trovato un traditore. Al varco,
	Travestito in tal guisa, io l'aspettai,
	Fin che passò col servo, e lo svenai.
FARN.	Ma, del nemico in vece,
	Potevi fra quell'ombre
	L'altro ferir.
OSR.	No: fu previsto il caso.
	Finse cader, quando mi fu vicino
	Il servo reo. Con questo segno espresso
	Cesare espose, assicurò se stesso.
EMIR.	(Chi sarà quel roman? Stringe un acciaro,
	E sanguigno mi par. Potessi in volto
	Mirarlo almeno!)
FARN.	Or che farem? Fuggendo
	Per la via che facesti, incontro andiamo
	A mille, che concorsi
	Al tumulto saran. Su gli altri ingressi
	Veglian servi e custodi.
OSR.	E ben! col ferro

Ci apriremo la strada.

FARN. Al caso estremo
Serbiam questo rimedio. Io voglio prima
Ricercar se vi fosse
Altra via di fuggir.

EMIR. (Parlan sommesso:
Intenderli non so).

FARN. Fra quelle piante
Nascoso attendi. Io tornerò di volo.

OSR. Sollecito ritorna, o parto solo. *(Osroa si nasconde molto innanzi fra le piante del boschetto)*

FARN. Questo… No. Quel sentier… Ma s'io tentassi
Il cammin che prescritto
Da Sabina mi fu? D'Augusto il caso
Forse ancor non è noto; e forse, prima
Ch'altri il sappia e v'accorra,
Noi fuggiti sarem. Sì, questo eleggo.

SCENA NONA

FARNASPE, ADRIANO *con ispada nuda e séguito di guardie dalla strada suddetta.* OSROA *ed* EMIRENA *in disparte.*

ADRI. Fermati, traditor. *(incontrandosi in Farnaspe)*

FARN. *(si ferma stupido)*
Numi, che veggo!

ADRI. Impedite ogni passo
Alla fuga, o custodi. *(alle guardie)*

FARN. Io son di sasso.

EMIR. (Ah, siam scoperti!) *(s'avanza ad ascoltare)*

ADRI. Istupidisci, ingrato,
Perché vivo mi vedi? A me credesti
Di trafiggere il sen. L'empio disegno
Con voci ingiuriose
Nel ferir palesasti.

EMIR. (Ecco l'errore.
Colui che si nascose è il traditore).

ADRI. Perfido! non rispondi? A che venisti
Qual disegno t'ha mosso?
Chi sciolse i lacci tuoi? Parla.

FARN. Non posso.

ADRI. Non puoi? Si tragga a forza
Nel carcere più nero il delinquente.

EMIR. Fermatevi: sentite; egli è innocente. *(si scopre con impeto)*

FARN. Aimè!

EMIR. Tra quelle fronde
Il traditor s'asconde. Eccolo... *(s'incammina verso Osroa)*
FARN. Oh Dio!
Ferma!
EMIR. Vedilo, Augusto. *(accennando Osroa, che s'avanza)*
OSR. È ver, son io.
EMIR. Ah, padre! *(resta immobile)*
ADRI. Il re de' Parti
In abito romano! E quanti siete,
Scellerati! a tradirmi?
OSR. Io solo, io solo
Ho sete del tuo sangue. Il colpo errai;
Ma, se mi lasci in vita,
Il fallo emenderò.
ADRI. Così fra l'ombre
Assalirmi, infedel? Coglier l'istante
Che inciampo e cado al suol?
OSR. Barbara sorte!
Ecco l'inganno. Il tuo seguace ad arte
Cader doveva, e tu cadesti a caso;
Onde, confuso il segno,
L'un per l'altro svenai.
ADRI. Questa mercede,
Barbaro, tu mi rendi? Oppresso e vinto
T'invito, t'offerisco
Di Roma l'amistà...
OSR. Sì, questo è il nome
Empi! con cui la tirannia chiamate;
Ma poi servon gli amici, e voi regnate.
ADRI. Siam del giusto custodi. Al giusto serve
Chi compagni ci vuol, non serve a noi:
Ma la giustizia è tirannia per voi.
OSR. E chi di lei vi fece
Interpreti e custodi? Avete forse
Ne' celesti congressi
Parte co' numi? o siete i numi istessi?
ADRI. Se non siam numi, almeno
Procuriam d'imitarli; e il suo costume
Chi co' numi conforma, agli altri è nume.
OSR. Numi però voi siete
Avidi dell'altrui: rapite i regni,
Vaneggiate d'amor, volete oppressi
Gl'innocenti rivali,
Tradite le consorti...
ADRI. Ah, troppo abusi
Della mia sofferenza. Olà, ministri,
In carcere distinto alla lor pena
Questi rei custodite.

FARN. Anche Emirena?
ADRI. Sì, ancor l'ingrata.
FARN. Ah! che ingiustizia è questa?
Qual delitto a punir ritrovi in lei?

ADRI. Tutti nemici e rei,
Tutti tremar dovete:
Perfidi, lo sapete,
E m'insultate ancor?
Che barbaro governo
Fanno dell'alma mia
Sdegno, rimorso interno,
Amore e gelosia!
Non ha più Furie Averno
Per lacerarmi il cor. *(parte)*

SCENA DECIMA

OSROA, FARNASPE, EMIRENA *e guardie.*

EMIR. Padre... Oh Dio! con qual fronte
Posso padre chiamarti io che t'uccido?
Deh! se per me t'avanza...
OSR. Parti, non assalir la mia costanza.
EMIR. Ah! mi scaccia a ragion. Perdono, o padre;
Eccomi a' piedi tuoi. *(s'inginocchia)*
OSR. Lasciami, o figlia:
No, sdegnato non sono;
T'abbraccio, ti perdono.
Addio, dell'alma mia parte più cara.
EMIR. Oh addio funesto!
FARN. Oh divisione amara!

EMIR. Quell'amplesso e quel perdono,
Quello sguardo e quel sospiro
Fa più giusto il mio martiro,
Più colpevole mi fa.
Qual mi fosti e qual ti sono
Chiaro intende il core afflitto,
Che misura il suo delitto
Dall'istessa tua pietà. *(parte)*

SCENA UNDICESIMA

OSROA *e* FARNASPE

FARN. Almen tutto il mio sangue
A conservar bastasse
Il mio re, la mia sposa.

OSR. Amico, assai
Debole io fui. Non congiurar tu ancora
Contro la mia fortezza. Abbia il nemico
Il rossor di vedermi
Maggior dell'ire sue. Nell'ultim'ora
Cader mi vegga e mi paventi ancora.

Leon piagato a morte
Sente mancar la vita
Guarda la sua ferita,
Né s'avvilisce ancor:
Così fra l'ire estreme
Rugge, minaccia e freme,
Che fa tremar morendo
Tal volta il cacciator. *(parte)*

SCENA DODICESIMA

FARNASPE *solo.*

FARN. Con quai nodi tenaci avvinta a questa
Miserabile spoglia è l'alma mia!
Come resisto a tanti
Insoffribili affanni!
Ah! toglietemi il giorno, astri tiranni.

È falso il dir che uccida,
Se dura, un gran dolore,
E che, se non si muore,
Sia facile a soffrir.
Questa, ch'io provo, è pena
Che avanza ogni costanza,
Che il viver m'avvelena
E non mi fa morir. *(parte)*

ATTO TERZO

SCENA PRIMA

Sala terrena con sedie.

SABINA *ed* AQUILIO

SAB. Come! ch'io parta? A questo segno è cieco?
È ingiusto a questo segno? E di qual fallo
Vuol punirmi Adriano?
AQUI. Ei sa che fosti
D'Emirena e Farnaspe
Consigliera alla fuga. Ei del custode
Ti crede seduttrice; e con tal arte
Sa i tuoi falli ingrandir, che, a chi lo sente
Nel punirti così, sembra clemente.
SAB. Serbando la sua gloria,
Beneficando una rivale, io volli
Procurarmi il suo cor. Non l'odio o l'ira
Mi consigliò, ma la pietà, l'amore;
Onde error non commisi, o è lieve errore.
AQUI. Sabina, io lo conosco, e lo conosce
Forse Adriano ancor; ma giova a lui
Un lodevol pretesto.
SAB. E ben, mi vegga
E n'arrossisca.
AQUI. Il comparirgli innanzi
Di vietarti m'impose.
SAB. Oh dèi! Ma deggio
Partir senza vederlo?
AQUI. Appunto.
SAB. E quando?
AQUI. Già le navi son pronte.
SAB. Un tal comando
Ubbidir non si deve.
AQUI. Ah no: ti perdi.
Parti; fidati a me. Lo vincerai
Non resistendo. Io cercherò l'istante
Di farlo ravveder.
SAB. Ma digli almeno...
AQUI. Va senz'altro parlar, t'intendo appieno.

SAB. Digli ch'è un infedele;
Digli che mi tradì.

Senti: non dir così:
Digli che partirò;
Digli che l'amo.
    Ah! se nel mio martìr
Lo vedi sospirar,
Tornami a consolar;
Ché prima di morir
Di più non bramo. *(parte)*

SCENA SECONDA

AQUILIO *solo.*

AQUI. Io la trama dispongo
Perché parta Sabina, e poi m'affanno
Nel vederla partir. Pensa, o mio core,
Che la perdi, se resta. Ella risveglia
D'Augusto la virtù. Soffrir non puoi
L'assenza del tuo bene;
Ma, se lieto esser vuoi, soffrir conviene.

    Più bella al tempo usato
Fan germogliar la vite
Le provvide ferite
D'esperto agricoltor.
    Non stilla in altra guisa
Il balsamo odorato,
Che da una pianta incisa
Dall'arabo pastor.
(nel partire s'incontra in Adriano)

SCENA TERZA

ADRIANO *ed* AQUILIO

ADRI. Aquilio, che ottenesti?
AQUI. Nulla, signore: è risoluta e vuole
Partir Sabina.
ADRI. Ah! se sdegnata è meco
Ha gran ragion.
AQUI. Ma moderate a segno
Son le querele sue, che d'altro amante
La credo accesa. Io giurerei che serve

L'incostanza d'Augusto
Di pretesto alla sua.

ADRI. No, non mi piace
Questa soverchia pace. Andiamo a lei.

AQUI. Ma, signor, ti scordasti
Del re de' Parti. Il mio consiglio accetti;
Vuoi tentar di placarlo, a te lo chiami;
Ei vien, t'attende, e nel compir l'impresa
Ti confondi e vacilli?

ADRI. Ah! tu non sai
Qual guerra di pensieri
Agita l'alma mia! Roma, il Senato,
Emirena, Sabina,
La mia gloria, il mio amor, tutto ho presente:
Tutto accordar vorrei: trovo per tutto
Qualche scoglio a temer. Scelgo, mi pento;
Poi d'essermi pentito
Mi ritorno a pentir. Mi stanco intanto
Nel lungo dubitar, tal che dal male
Il ben più non distinguo. Al fin mi veggio
Stretto dal tempo, e mi risolvo al peggio.

AQUI. Eh finisci una volta
Di tormentar te stesso. Hai quasi in braccio
La bella che sospiri, e non ardisci
Di stringerla al tuo seno? Io non ho core
Di vederti soffrir. Vado de' Parti
Ad introdurre il re.

ADRI. Senti. E se poi...

AQUI. Non più dubbi, signor.

ADRI. Fa quel che vuoi.
(Aquilio parte)

SCENA QUARTA

ADRIANO, *poi* OSROA *ed* AQUILIO

ADRI. Che dir può il mondo? Al fine
Il conservar la vita
È ragion di natura: e in tanta pena
Io viver non saprei senza Emirena.

OSR. Che si chiede da me?

ADRI. Che il re de' Parti
Sieda e m'ascolti; e, se non pace, intanto
Abbia tregua il suo sdegno. *(siede)*

OSR. A lunga sofferenza io non m'impegno. *(siede)*

AQUI. (Del mio destin si tratta).
ADRI. Osroa, nel mondo
Tutto è soggetto a cambiamento, e strano
Saria che gli odii nostri
Soli fossero eterni. Al fin la pace
È necessaria al vinto.
Utile al vincitor. Fra noi mancata
È la materia all'ire. Il fato avverso
Tanto ti tolse, e tanto
Mi diè benigno il Ciel, che non rimane
Né che vincere a noi,
Né che perdere a te.
OSR. Sì, conservai
L'odio primiero; onde mi resta assai.
AQUI. (Che barbara ferocia!)
ADRI. Ah, non vantarti
D'un ben che posseduto
Tormenta il possessor. Puoi meglio altronde
Il tuo fasto appagar. Sappi che sei
Arbitro tu del mio riposo, appunto
Qual son io de' tuoi giorni. Ordina in guisa
Gli umani eventi il Ciel, che tutti a tutti
Siam necessari, e il più felice spesso
Nel più misero trova
Che sperar, che temer. Sol che tu parli,
La principessa è mia; sol ch'io lo voglia,
Tu sei libero e re. Facciamo, amico,
Uso del poter nostro
A vantaggio d'entrambi. Io chiedo in dono
Da te la figlia, e t'offerisco il trono.
AQUI. (Tremo della risposta).
ADRI. E ben, che dici?
Tu sorridi e non parli? *(ad Osroa)*
OSR. E vuoi ch'io creda
Sì debole Adriano?
ADRI. Ah! che pur troppo,
Osroa, io lo son. Dissimular che giova?
Se la bella Emirena
Meco non vedo in dolce nodo unita,
Non ho ben, non ho pace e non ho vita.
OSR. Quando basti sì poco
A renderti felice, io son contento:
Che sì chiami la figlia.
ADRI. Accetti dunque
Le offerte mie?
OSR. Chi ricusar potrebbe?
ADRI. Ah! tu mi rendi, amico,
Il perduto riposo. Aquilio, a noi

	La principessa invia.
AQUI.	Ubbidito sarai. (Sabina è mia!) *(parte)*
ADRI.	Ora a viver comincio. Olà, togliete *(escono due guardie)*
	Quelle catene al re de' Parti.
OSR.	Ancora
	Non è tempo, Adriano. Io goderei
	Prima de' doni tuoi che tu de' miei.
ADRI.	Van riguardo. Eseguite *(alle guardie)*
	Il cenno mio.
OSR.	Non è dover. Partite. *(partono le guardie)*
ADRI.	Del peso ingiurioso io pur vorrei
	Vederti alleggerir.
OSR.	Son sì contento,
	Pensando all'avvenir ch'io non lo sento.
ADRI.	E pur non viene. *(guardando per la scena)*
OSR.	Impaziente anch'io
	Ne sono al par di te.
ADRI.	La principessa
	Io vado ad affrettar. *(s'alza)*
OSR.	No: già s'appressa. *(s'alza, trattenendolo)*

SCENA QUINTA

EMIRENA, ADRIANO *ed* OSROA

ADRI.	Bellissima Emirena... *(incontrandola)*
OSR.	*(ad Adriano)*
	A lei primiero
	Meglio sarà ch'io tutto spieghi.
ADRI.	È vero.
EMIR.	(Perché son così lieti?)
OSR.	E pure, o figlia,
	Fra le miserie nostre abbiamo ancora
	Di che goder. Lo crederesti? Io trovo
	Nella bellezza tua tutto il compenso
	Delle perdite mie.
EMIR.	Che dir mi vuoi!
ADRI.	Quella fiamma verace... *(ad Emirena)*
OSR.	Lasciami terminar. *(ad Adriano)*
ADRI.	Come a te piace.
OSR.	Tal virtù ne' tuoi lumi *(ad Emirena)*
	Raccolse amico il Ciel, che, fatto servo,
	Il nostro vincitor per te sospira.
	Offre tutto per te: scorda gli oltraggi:
	S'abbassa alle preghiere; odia la vita

	Senza di te, che per suo nume adora.
ADRI.	Tu dunque puoi... *(ad Emirena)*
OSR.	*(ad Adriano)*
	Non ho finito ancora.
ADRI.	(Mi fa morir questa lentezza). *(da sé)*
OSR.	Io voglio...
	Senti, o figlia, e scolpisci
	Questo del genitore ultimo cenno
	Nel più sacro dell'alma. Io voglio almeno
	In te lasciar, morendo,
	La mia vendicatrice. Odia il tiranno,
	Com'io l'odiai fin ora; e questa sia
	L'eredità paterna.
ADRI.	Osroa, che dici!
OSR.	Né timor né speranza
	T'unisca a lui; ma forsennato, afflitto
	Vedilo a tutte l'ore
	Fremer di sdegno e delirar d'amore.
ADRI.	Giusti dèi! son schernito.
OSR.	Parli Cesare adesso: Osroa ha finito.
ADRI.	Sconsigliato! infelice! e non avvedi
	Che tu il fulmine accendi
	Che opprimer ti dovrà?
OSR.	Smania, o superbo:
	Son le tue furie il mio trionfo.
ADRI.	Oh numi!
	Qual rabbia! qual veleno!
	Che sguardi! che parlar! Tanto alle fiere
	Può l'uomo assomigliar! Stupisco a segno
	Che scema lo stupor forza allo sdegno.

Barbaro, non comprendo
Se sei feroce o stolto:
Se ti vedessi in volto,
Avresti orror di te.
Orsa nel sen piagata,
Serpe nel suol calcata,
Leon ch'apre gli artigli,
Tigre che perda i figli,
Fiera così non è. *(parte)*

SCENA SESTA

OSROA *ed* EMIRENA

OSR. Figlia, s'è ver che m'ami, ecco il momento
Di farne prova. Un genitor soccorri,
Che ti chiede pietà.
EMIR. Se basta il sangue,
È tuo: lo spargerò.
OSR. Toglimi all'ire
Del tiranno roman. Senza catene
Ti veggo pur.
EMIR. Sì: ci conobbe Augusto
D'ogn'insidia innocenti, e le disciolse
A Farnaspe ed a me. Ma qual soccorso
Perciò posso recarti?
OSR. Un ferro, un laccio,
Un veleno, una morte,
Qualunque sia.
EMIR. Padre, che dici? Queste
Sarian prove d'amor? La figlia istessa
Scellerata dovrebbe... Ah! senza orrore
Non posso immaginarlo. In van lo speri.
Il cor l'opra aborrisce; e, quando il core
Fosse tanto inumano,
Sapria nell'opra istupidir la mano.
OSR. Va! ti credea più degna
Dell'origine tua. Tremi di morte
Al nome sol! Con più sicure ciglia
Riguardarla dovria d'Osroa una figlia.

Non ritrova un'alma forte
Che temer nell'ore estreme:
La viltà di chi lo teme
Fa terribil il morir.
Non è ver che sia la morte
Il peggior di tutti i mali:
È un sollievo de' mortali,
Che son stanchi di soffrir. *(parte)*

SCENA SETTIMA

EMIRENA *e poi* FARNASPE

EMIR. Misera, a qual consiglio
Appigliarmi dovrò?
FARN. *(con fretta)*
Corri, Emirena.
EMIR. Dove?
FARN. Ad Augusto.
EMIR. E perché mai?
FARN. Procura
Che il comando rivochi
Contro il tuo genitore.
EMIR. Qual è?
FARN. Vuol che, traendo
Delle catene sue l'indegna soma,
Vada…
EMIR. A morte?
FARN. No: peggio.
EMIR. E dove?
FARN. A Roma.
EMIR. E che posso a suo pro?
FARN. Va, prega, piangi,
Offriti sposa ad Adriano: oblia
I ritegni, i riguardi,
Le speranze, l'amor. Tutto si perda,
E il re si salvi.
EMIR. Egli pur or m'impose
D'odiar Cesare sempre.
FARN. Ah ! tu non devi
Un comando eseguir dato nell'ira,
Ch'è una breve follia. Dobbiamo, o cara,
Salvarlo suo malgrado.
EMIR. Ad altri in braccio
Andar dunque degg'io? Tu lo consigli?
E con tanta costanza?
FARN. Ah! principessa,
Tu non vedi il mio cor. Non sai qual pena
Questo sforzo mi costa. Allor ch'io parlo,
Non ho fibra nel seno
Che non senta tremar; stilla di sangue
Non ho che per le vene
Gelida non mi scorra. Io so che perdo
L'unico ben, per cui

M'era dolce la vita. Io so che resto
Afflitto, disperato,
Grave agli altri ed a me. Ma l'Asia tutta
Che direbbe di noi, se Osroa perisse
Quando possiam salvarlo? Anima mia,
Sacrifichiamo a questo
Necessario dover la nostra pace.
Va: consorte d'Augusto
Il grado più sublime
Occupa della terra. Un gran sollievo
Per me sarà quel replicar talora
Nel mio dolor profondo:
'Chi diè legge al mio cor, dà legge al mondo.'

EMIR. Ah! se vuoi ch'io consenta
A perderti, ben mio, deh! non mostrarti
Così degno d'amor.

FARN. Bella mia speme,
No, non mi perdi: infin ch'io resti in vita,
T'amerò, sarò tuo, sol però quanto
La gloria tua, la mia virtù concede:
Lo giuro a' numi tutti e a que' bei lumi
Che per me son pur numi. E tu... Ma dove
Mi trasporta l'affanno? Ah! Che ci manca
Anche il tempo a dolerci. Osroa perisce,
Mentre pensiamo a conservarlo.

EMIR. Addio.

FARN. Ascoltami.

EMIR. Che vuoi?

FARN. Va... Ferma... Oh dèi!
Vorrei che mi lasciassi e non vorrei.

EMIR. Oh Dio! mancar mi sento
Mentre ti lascio, o caro.
Oh Dio! che tanto amaro
Forse il morir non è.
Ah! non dicesti il vero,
Ben mio, quando dicesti
Che tu per me nascesti,
Ch'io nacqui sol per te. *(parte)*

SCENA OTTAVA

FARNASPE *solo.*

FARN. Di vassallo e d'amante

La fedeltà, la tenerezza a prova
Pugnano nel mio seno. Or questa, or quella
È vinta, è vincitrice, ed a vicenda
Varian fortuna e tempre:
Ma, qualunque trionfi, io perdo sempre.

Son sventurato; ma pure, o stelle,
Io vi son grato che almen sì belle
Sian le cagioni del mio martìr.
Poco è funesta l'altrui fortuna,
Quando non resta ragione alcuna
Né di pentirsi, né d'arrossir. *(parte)*

SCENA NONA

Luogo magnifico del palazzo imperiale; scale, per cui si scende alle ripe dell'Oronte;
veduta di campagna e giardini sull'opposta sponda.

SABINA con séguito di matrone e cavalieri romani,
AQUILIO, *indi* ADRIANO

SAB. Temerario! non più. Benché da lui
Mi discacci Adriano, è a te delitto
Del mio cor la richiesta.
AQUI. La prima volta è questa...
SAB. E sia l'ultima volta
Che mi parli d'amor. *(partendo per imbarcarsi)*
ADRI. Sabina, ascolta.
AQUI. (Aimè).
SAB. (Numi!) Che chiedi? *(tornando indietro)*
ADRI. A questo segno
Odioso io ti son, che partir vuoi
Senza vedermi?
SAB. Ah! non schernirmi ancora.
Mi discacci, mi vieti
Di comparirti innanzi...
ADRI. Io? quando? Aquilio,
Non richiese Sabina
La libertà d'abbandonarmi?
SAB. Oh dèi!
Non fu cenno d'Augusto *(ad Aquilio)*
Ch'io dovessi partir senza mirarlo?
AQUI. (Se parlo, mi condanno, e se non parlo).
SAB. Perfido! *(ad Aquilio)*
ADRI. Non rispondi?
SAB. Or tutte intendo

AQUI. Le trame tue. Sappi, Adriano...
È vero,
Signor, Sabina adoro, e, lei presente,
Temei la tua virtù: perciò lontana...

ADRI. Basta. Che tradimento! Anima rea!
Tu rivale ad Augusto? Olà! costui
Sia custodito.

AQUI. (Avverso Ciel!) *(è disarmato)*

ADRI. Né pensi
La mia sposa a partir.

SAB. Tua sposa!

ADRI. Io sento
Che risano a gran passi. Il dover mio,
D'Emirena i disprezzi,
Gli odii del genitore...

SCENA ULTIMA

EMIRENA, FARNASPE *e detti.*

EMIR. Ah, Cesare, pietà!

FARN. Pietà, signore!

EMIR. Rendimi il padre mio.

FARN. Conservami il mio re.

EMIR. Rendilo; e poi
Eccomi tua, se vuoi.

ADRI. Che?

FARN. Sì: ti cedo
L'impero di quel cor.

ADRI. Tu?

EMIR. Sì: sarai
Tu il nume mio. Per quel sereno, il giuro,
Raggio del ciel che nel tuo volto adoro,
Per quel sudato alloro
Che porti al crin, per questa invitta mano,
Ch'è sostegno del mondo,
Ch'io bacio... *(s'inginocchia)*

ADRI. Ah! sorgi: ah! taci. (È donna o dea?
Quando m'innamorò, così piangea).

SAB. (Qual contrasto in quel petto
Fan l'onore e l'affetto!)

ADRI. (Se alla ragione io cedo,
Perdo Emirena; e se all'amor mi fido,
La mia Sabina uccido. Ah, qual cimento,
Quale angustia crudele!)

SAB. (E pur mi fa pietà, benché infedele).
EMIR. Cesare, e non risolvi?
SAB. Augusto, al fine...
ADRI. Ah! per pietà non tormentarmi. Io tutto
Quanto dir mi potrai,
Tutto, Sabina, io so.
SAB. No, non lo sai:
Odi. Troppo fatali
Son le nostre ferite. Uno di noi
Dee morirne d'affanno: io, se ti perdo;
Tu, se perdi Emirena. Ah! non sia vero
Che, per salvar d'inutil donna i giorni,
Perisca un tale eroe. Serbati, o caro,
Alla tua gloria, alla tua patria, al mondo,
Se non a me. D'ogni dover ti sciolgo,
Ti perdono ogni offesa;
Ed io stessa sarò la tua difesa.
ADRI. Come! *(stupido)*
SAB. Cesare, addio. *(in atto di partire)*
ADRI. *(arrestandola)*
Fermati. Oh grande!
Oh generosa! oh degna
Di mille imperi! Ah, quale eccesso è questo
D'inudita virtù! Tutti volete
Dunque farmi arrossir? Fedel vassallo,
Tu la sposa mi cedi *(a Farnaspe)*
A favor del tuo re! Figlia pietosa,
Sacrifichi te stessa *(ad Emirena)*
Tu per il padre tuo! Tradita amante, *(a Sabina)*
Non pensi tu che al mio riposo! Ed io,
Io sol fra tanti forti
Il debole sarò? Né mi nascondo
Per vergogna a' viventi? E siedo in trono?
E do leggi alla terra? Ah no. Facciamo
Tutti felici. Al re de' Parti io dono
E regno e libertà; rendo a Farnaspe
La sua bella Emirena: Aquilio assolvo
D'ogni fallo commesso;
E a te, degno di te, rendo me stesso. *(a Sabina)*
FARN. Oh contento improvviso!
SAB. Ecco il vero Adriano: or lo ravviso.
EMIR. Fin ch'io respiri, Augusto,
Grata quest'alma a' benefizi tuoi...
ADRI. Se grata esser mi vuoi, lasciami ormai
La pace del mio cor. Poco è sicura,
Fin che appresso mi sei. Subito parti,
Io te ne priego. Ecco il tuo sposo: il padre
Colà ritroverai. Lieti vivete;

E tutti tre spargete
Questi deliri miei d'eterno oblio.

EMIR. Almen, signor... *(volendogli baciar la mano)*

ADRI. *(non soffrendolo)*
Basta, Emirena. Addio.

CORO
S'oda, Augusto, infin su l'etra
Il tuo nome ognor così;
E da noi con bianca pietra
Sia segnato il fausto dì.

LICENZA

Cesare, non turbarti; a te non osa
Somigliarsi Adrian. Quando al tuo sguardo
Le sue vicende espone,
Fa spettacol di sé, non paragone.
Troppo minor del vero
L'immagine sarebbe; e troppo chiare,
Signor, fra voi le differenze sono.
A lui diè luce il trono,
La riceve da te. Fu grande e giusto
Ei talvolta, e tu sempre. I propri affetti
Ei debellò, tu li previeni. Ei scelse
Tardi le vie d'onor, tu le scegliesti
De' giorni tuoi fin su la prima aurora.
Lui la terra ammirò, te il mondo adora.

Non giunge degli affetti
La turba contumace
A violar la pace
Del tuo tranquillo cor.
Così del re de' numi
Fremon, ma sotto al trono,
E 'l turbine ed il tuono,
E le tempeste e i fiumi
Nelle lor fonti ancor.